글나무 시선 02

대나무 숲의 소리

대나무 숲의 소리

강병철 영한 시집

항상 당당하고 신비감을 간직한 여인!
송계화 교장 선생님에게 이 시집을 바칩니다.

Recommendation of "Poetry Collections" by Kang Byeong-Cheol

"The truth of the universe" and "harmony"

Poetry is a kind of imagination, but I don't think it is a literature of pure imaginative. My favorable poems are those describe the natural landscape from real observation and the text involves experience of human being concerning the practical encounters. So that when we read one poem, at one side we can appreciate the beauty in nature, another side, we may perceive the phenomena of the human world.

Take the poems created by poet Kang Byeong-Cheol for example, in the poem "Sounds of Bamboo Forest" the first stanza describes the practical circumstance when the wind blowing through the bamboo forest:

No matter how strong the wind blows,

the green forest never crumbles.

When the wind passes by,

the green forest stands tall and proud,

inspiring admiration.

Then the situation is gradually turned from the nature into the human world, in second stanza, "The sounds of bamboo forest, / echo through the trees, / whispers of wisdom and peace, /carried on the gentle breeze." There is a nice imagination of personification that "The sounds of bamboo forest, ...whispers of wisdom and peace." Next stanza, "A symphony of rustling leaves, / Soft words win hard hearts, / a melody of harmony, / ringing in the bamboo forest glen." Here, it appears the comparison between "soft words" and" hard hearts", just like the pluralism in society, and the different "soft" and" hard" situation cause "a melody of harmony". It is seen that "harmony" is formed in compromise rather than unification.

At last stanza, the phenomenon happened in the nature is projected to the relationships among the people, it initiates us how to find "peace" from the "wisdom" way by human being:

So let the forest speak to you,
let its wisdom guide your way,
listen to the sounds of bamboo,
and find peace in each passing day.

Another example can be seen from the poem "The Sharp Rocks by the Seashore". It describes the natural phenomena that the sharp rocks by the seashore fights against the waves. In detail observation, it is found:

Softness can conquer strength,

and the pen is mightier than the sword.

The truth of the universe,

Sharp rocks turn into pebbles,

and sharp things change into round and soft things.

This becomes "the truth of the universe", as a result, at last line of this poem "They live in harmony with the peaceful waves", wherein "they" denotes "the pebbles". Approaching to

"harmony" is the best goal of the poet directing to the destination of poetry creation.

I am fond of reading the poems created by poet Kang Byeong-Cheol, so that recommend herewith to the poetry-loving readers.

Lee Kuie-shien, Taiwan (Poet)

April 7, 2023

'우주의 진실'과 '조화'

시는 상상력의 일종이지만, 순수한 상상력의 문학은 아닌 것 같습니다. 제가 좋아하는 시는 실제 관찰로 자연경관을 묘사하며, 실제적인 경험을 다루는 글입니다. 그래서 한 시를 읽으면 한쪽에서는 자연의 아름다움을 감상하고, 다른 한쪽에서는 인간 세계의 현상을 인식할 수 있습니다.

강병철 시인이 창작한 시집을 예로 들면, 「대나무 숲 소리」라는 시에서 첫 번째 구절에는 바람이 대나무숲을 스쳐 지나가는 실제적인 상황을 묘사합니다.

바람이 세게 불더라도 초록 숲은 절대로 무너지지 않습니다. 바람이 지나가면, 초록 숲은 높이 서 있고 감탄을 자아내게 합니다.

그런 다음, 상황은 점차 자연에서 인간 세계로 바뀌어 갑니다. 두 번째 구절에서는 "대나무 숲의 소리, 나무들을 타고 울려 퍼져 / 지혜와 평화의 속삭임이 / 부드러운 바람에 실려 온다."라는 훌륭한 은유가 있습니다. "대나무 숲의 소리, … 지혜와 평화의 속삭임"으로 인격화되는 것입니다. 다음 구절에서는 "속삭이는 잎들의 교향곡, 부드러움이 강한 것을 이겨, 대나무 숲의 계곡에서 울리는 화음" 여기서는 '부드러운 말'과 '강경한 마음' 사이의 비교가 등장합니다.

이것은 사회에서의 다양성과 '부드러운'과 '강경한' 상황의 차이가 '조화의 멜로디'를 일으키는 것처럼 보입니다. '조화'는 통일보다는 타협으로 형성된다는 것을 알 수 있습니다.

시 마지막 구절에서는 자연에서 일어나는 현상이 사람들 간의 관계로 투영되어, 우리에게 인간의 '지혜'에 따른 '평화'를 찾는 방법을 제시합니다.

그래서 숲이 당신에게 말을 걸게 하세요, 그것의 지혜가 당신의 길을 안내해 줄 것입니다. 대나무의 소리를 들으며, 각각의 날마다 평화를 찾으세요.

다른 예로는 「바닷가의 날카로운 바위」라는 시가 있습니다. 이 시는 바닷가의 날카로운 바위가 파도와 싸우는 자연 현상을 묘사합니다. 세부적인 관찰 결과, "부드러움이 강한 힘을 이길 수 있고, 펜은 검보다 강하다"는 것을 발견할 수 있습니다. 이것이 "우주의 진리"가 되어, 시의 마지막 줄에서는 "그들"이 "자갈"을 의미하는데, 그들은 "평화로운 파도와 조화롭게 살고 있습니다". '조화'에 다가가는 것이 시인이 시 창작의 목적지로 이끄는 최고의 목표입니다.

나는 시인 강병철의 시를 좋아해서 시를 좋아하는 독자들에게 이 시집을 권합니다.

리쿠이셴(타이완 시인)

2023. 4. 7.

리쿠이센(李魁賢;이괴현)은 1937년 타이베이에서 출생한 대만 시인이다. 대만 국가문화예술기금회 이사장(國家文化藝術基金會董事長)을 역임했다. 현재 2005년 칠레에서 설립된 Movimiento Poetas del Mundo의 부회장이다. 그는 53권의 시집을 발간했다. 그의 작품들은 일본, 한국, 캐나다, 뉴질랜드, 네덜란드, 유고슬라비아, 루마니아, 인도, 그리스, 리투아니아, 미국, 스페인, 브라질, 몽골, 러시아, 쿠바, 칠레, 폴란드, 니카라과, 방글라데시, 마케도니아, 세르비아, 코소보, 터키, 포르투갈, 말레이시아, 이탈리아, 멕시코, 콜롬비아 등에서 번역됐다. 영역된 작품들은 'Love is my Faith'(愛是我的信仰), 'Beauty of Tenderness'(溫柔的美感), 'Between Islands'(島與島之間), 'The Hour of Twilight'(黃昏時刻), '20 Love Poems to Chile'(給智利的情詩20首), 'Existence or Non-existence'(存在或不存在), 'Response'(感應), 'Sculpture & Poetry'(彫塑詩集), 'Two Strings'(兩弦), 'Sunrise and Sunset'(日出日落) and 'Selected Poems by Lee Kuei-shien'(李魁賢英詩選集) 등이 있다. 한국어 번역본은 2016년에 발간된 『노을이 질 때(黃昏時刻)』가 있다. 인도, 몽골, 한국, 방글라데시, 마케도니아, 페루, 몬테네그로, 세르비아 등에서 국제문학상을 받았다.

In search of Beauty and Harmony

Years ago, I had the great pleasure to be invited several times at international poetry festivals in Seoul, one of them with participation of several world-famous poets: the American poet Allan Ginsberg, the Russian poet Voznesenski and the Chinese Bei Dao of whom I read the English version of his speech. A rare harmony of East and West.

Not only I discovered the beauty of an Asian country with fascinating mountainous landscapes and ancient Buddhist temples, rarely visited by Western tourists, but also wonderful melodious Korean music and poetry, different from Western and Asian poetry I had read before. Centuries before the haiku was created in Japan, the Koreans invented the short poetry style called *sijo*. Korean poetry was initially written in Chinese. It was not until the beginning of the last century that a modernist poetry movement emerged. The most important poet of that first generation of modern poets was undoubtedly the romantic poet Kim Sowôl. What surprised me in modern Korean poetry was that it hardly was influenced by modern Western poetry, but found its own way. Especially elements of nature are very present in the poetry of modern Korean poets like So Chông-ju, Park Mog-wôl, or Moon Dok-su and Cho Byung-hwa I have known personally.

In the collection of *Sounds of Bamboo Forest,* by Kang Byeong-Cheol, born 1964, I also discovered many references to nature, that particularity of modern Korean poetry, as in most contemporary poetry, nature hardly plays a role. Although reading the poems we notice that Kang Byeong-Cheol has travelled around the world, he conserves a personal style. Already in the first poem of *Sounds of Bamboo Forest* the poet hears in the sounds of the forest a *melody of harmony, whispers of wisdom and peace* and invites the reader to let the forest speak to him to find peace, a harmony which has been lost by indoctrinated users of mobile phones, having earphones in their ears and listening to deafening noise wrongly called "music", not that what the poet mentions in one of his poems: *what our ancestors sang with grace, our traditional songs, so beautiful and true.*

In his biography we read that Kang Byeong-Cheol is a research Executive at the Korean Institute for Peace and

Cooperation. In several of his poems we notice a longing for friendship, peace and harmony. May we hope that one day, all humans will become like the pebbles in his beautiful poem *The Sharp Rocks by the Seashore*: *Sharp rocks turn into pebbles / and sharp things change into round and soft things/ The pebbles playing with the waves on the shore/ no longer fight against the waves. / They live in harmony with the peaceful waves.*

Germain Droogenbroodt, Belgium(poet)

아름다움과 조화를 찾아서

여러 해 전, 나는 서울에서 열린 국제 시 문화 축제에 여러 차례 초대되었던 기쁨을 누렸습니다. 이 중 한 축제에는 미국 시인 앨런 긴즈버그(Allan Ginsberg), 러시아 시인 보즈네센스키(Voznesenski), 중국의 베이 다오(Bei Dao) 등과 함께 세계적인 시인들이 많이 참여하였습니다. 동서양의 드문 조화였습니다.

서울에서 아름다운 산악 지형과 고대 불교 사원으로 가득한 아시아의 나라의 특징을 발견할 수 있었고, 서양 관광객이 드물게 방문하는 곳들도 많았습니다. 또한, 서양과 아시아의 시와는 다른 운율이 있는 한국의 음악과 시를 발견할 수 있었습니다.

일본에서 하이쿠가 창조되기 몇 세기 전, 한국인들은 시조라 불리는 짧은 시 형식을 만들었습니다. 한국의 시는 처음에는 한자로 쓰였습니다. 그러나 최근의 시인들은 자신들만의 길을 찾았으며, 서양 시의 영향을 거의 받지 않았습니다. 특히 서정주, 박목월, 문덕수, 조병화 등의 현대 한국 시인들은 자연의 요소를 시에 매우 자주 반영하였습니다. 나는 그들 중 몇 분들을 개인적으로 알고 있습니다. 마지막 세기 초에 모더니스트 시적 운동이 등장한 이후, 최초의 현

15

대 시인 중에서 가장 중요한 시인은 의심할 여지 없이 낭만주의 시인인 김소월이었습니다.

대부분의 현대시와 마찬가지로 한국 현대시의 특별함은 자연이 거의 역할을 하지 않는 것입니다. 그러나 저는 강병철 시집 『대나무 숲의 소리』에서 자연에 대한 언급도 많이 발견했습니다. 이 시집을 읽으면 강병철 시인이 세계 여러 나라를 여행했음을 알 수 있고, 그는 개인적인 독창성을 가지고 있다는 것을 알 수 있습니다.

『대나무 숲의 소리』 시집의 첫 번째 시에서는 시인이 숲의 소리에서 조화의 운율, 지혜와 평화의 속삭임을 듣고, 숲이 말하는 것을 듣도록 독자를 초대하며, 이는 현시대에 습관적으로 핸드폰을 사용하는 이들이 놓치는 조화와 평화를 찾을 수 있도록 하는 것입니다. 시인이 자신의 시에서 말하는 것처럼, 이들은 귀에 이어폰을 끼우고 우리 조상들이 부르던 아름답고 진실한 전통 노래를 듣지 않고 귀청을 망가뜨리는 시끄러운 '음악'이라는 소리를 듣고 있기 때문입니다.

소개를 보면, 강병철 시인은 한국평화협력연구원의 연구이사로 활동하고 있는 것을 알 수 있습니다. 그의 몇몇 시에서는 우정, 평화, 조화에 대한 갈망이 느껴집니다. 그의 시「바닷가의 날카로운 바위」에서처럼 언젠가는 모든 인간이 원만한 돌처럼 예쁜 조약돌이 되어 바다에서 놀며 평화롭게 살 수 있는 날이 오기를 기대합니다. "우주의 진리 / 날카로운 바위는 / 조약돌로 바뀌고 / 날카로운 것은 / 둥글고 부드러운 것으로 변해 // 해안에서 파도와 노는 / 조약돌은 이제 / 파도와 싸우지 않아 // 조화로운 파도와 조약돌의 평화"를 기원합니다.

제르맹 드로오헨브로트
(벨기에 시인)

제르맹 드로오헨브로트(Germain Droogenbroodt)는 벨기에의 시인, 에세이스트 및 번역가이다. 그는 20여 권의 시집을 출판하였으며 30개 이상의 언어로 번역되었다. 그의 시는 종종 존재의 본질, 의미 탐구 및 인간의 삶에 대한 주제를 탐구하고 있으며 그의 작품은 철학적이고 사유적인 성격과 선명한 상상력과 음악적인 언어 사용으로 알려져 있다. 그는 중국, 인도 및 아프리카 시인들의 작품을 포함한 많은 시인의 작품을 번역하였다. 그는 국제 시 번역 및 연구를 촉진하는 문화 기관 IPTR (International Poetry Translation and Research)의 창립자이다. 그는1985년 몽스시의 Grand Prix de la Ville de Mons, 2003년 Nosside International Poetry Prize, 그리고 2015년 Nosside Lifetime Achievement Award를 포함한 수많은 상을 받았다.

Inner reflections of the human mind and observations

Kang Byeong Cheol's poetry book, "Sounds of Bamboo Forest," showcases inner reflections of the human mind and observations that can lead to the supremacy of thinking. In the poem "Sounds of Bamboo Forest," the bamboo trees are seen as a symbol of emancipation from the complexity of human life. The poet advises finding mental peace and satisfaction in the realm of nature and its treasures.

The poet aimed to present the silence of trees in a way that could inspire positivity and belief in people. In the poem "Sharp Rocks by the Seashore," he celebrates the universal power of tolerance and the importance of accepting the truth of the world. Mindfully exploring the depths of humanity and self-satisfaction, the poet suggests that peace can be found in anything, even amidst the pain and challenges of life.

Living a simple life, the poet's message of hope and unity resonates throughout his work. He has faith in the power of intellectuality and transparency, always "moving forward." His poems cover all seasons, from witnessing snowfall in the birch forest to finding inspiration in Jeju City's natural beauty.

In "Journey of Life," the poet reflects on the unpredictable nature of life but emphasizes the power of our choices to make it incredible. He believes in living life like a river, free and flowing, and highly praises this philosophy in his work.

In poems like "Letter to Son" and "My Friend, Kieu Bich Hau," the poet shares his deep observations on relationships, further highlighting his understanding of the human condition.

Sourav Sarkar, India(poet)

인간 마음 내면의 성찰과 관찰

강병철의 시집 『대나무 숲의 소리』는 인간의 내면적인 성찰과 생각의 최고 정점을 이끌어 낼 수 있는 관찰을 보여줍니다. 「대나무 숲의 소리」라는 시에서 대나무 숲은 인간 삶의 복잡함으로부터 해방되는 상징으로 보입니다. 시인은 자연과 그 보석 같은 자연의 영역에서 정신적인 평화와 만족을 찾을 것을 조언합니다.

시인은 나무들의 침묵을 긍정적인 영감과 인간들의 믿음을 일깨우는 방식으로 제시하고자 했습니다. 「바닷가의 날카로운 바위」라는 시에서는 모든 것을 용인하는 보편적인 힘과 세상의 진실을 받아들이는 것의 중요성을 찬양합니다. 인간성과 자기 만족감의 깊이를 마음속으로 탐색하면서, 시인은 인생의 고통과 도전에도 불구하고 모든 것에서 평화를 찾을 수 있다는 것을 제시하고 있습니다.

시인은 간소한 삶을 살면서 희망과 단결의 메시지를 그의 작품 전반에 걸쳐 공유합니다. 그는 시적 능력과 투명성의 힘에 믿음을 가지고 있으며 항상 '앞으로 나아가는' 태도를 취합니다. 그의 시는 자연의 모든 계절을 다루며, 자작나무 숲에서 눈을 본 것부터 제주도 자연의 아름다움에서 영감을 얻는 것까지 다양합니다.

「인생의 여정」이라는 시에서는 삶의 불확실성에 대해 반성하면서도 우리가 선택의 힘으로 놀라운 삶을 만들어 낼 수 있다는 것을 강조합니다. 그는 자유롭고 자유로운 강물처럼 삶을 살아가는 것을 지지하며, 그의 작품에서 이 철학을 강력히 찬양합니다.

「아들에게 보내는 편지」나 「나의 친구 키이우 비크 하우」와 같은 시에서는 인간관계에 대한 깊은 관찰을 공유하며, 인간의 상태를 이해하는 시인의 이해력을 더욱 부각시킵니다.

소우라브 사르카르

(인도 시인)

소우라브 사르카르(Sourav Sarkar) 시인은 인도 서부 벵갈주의 쿠치 베하르 지구 출신으로 쿠치 베하르(Cooch Behar)의 제킨스 학교(Jenkins school)에서 고등 교육을 받았다. University B.T & Evening 대학에서 영문학 학사 학위를 받았다. St. Joseph의 대학 Darjeeling에서 영문학 석사 학위를 취득했다. 그는 교사이며 국제적인 시인이자 편집자로 유명하다.

Journey to the Land of Love and Light

While reading the volume of poems by the poet from Jeju island– Dr Kang Byeong-Cheol, I seem to start a journey inside me, to reach my heart, my soul to find the light which I have, but have never seen it before. Each verse really touches me, giving me the profound belief that we – people who have been born on this earth to care for each other.

It is an authentic miracle I can find in author Kang Byeong-Cheol's poems. Every word comes out as a story which I want to read to return to myself – the eminent self which is greater than me. In my point of view, the greatest poem is the poem which can lead me to my real self, the soul. It is the sympathy of people although we are not living in the same country, and we do not speak the same language, but our souls can accompany, can penetrate to be a whole.

Dr Kang Byeong-Cheol's poems are familiar to all readers because he can use all the nature as his material for poetry. Because his soul sings, he lets all things sing with him, in the most beautiful harmony. The sea, the beach, the leaves, the flowers, the bamboo forest, and all the world of nature surround him with the happiness and he gains the lecture from them to offering us by his profound verses.

I can see that Dr Kang Byeong-Cheol has acquired much wisdom during his life journey around the world. Each people he met on his way, giving him happiness or pain of loss. We all know that love means sweetness, love also means pain and we accept the duality or we surrender it. He experiences the meetings, then farewells and after all, those emotions from people he meets transfer the deep feeling in poetry, into philosophy of living.

> …All living things
> must endure the pain,
> what I give you,
> what you give me,
> it's possible to withstand the loss.
>
> We are here for each other,
> to bear the pain of loss,
> for you, for me, for us,
> to sacrifice is to lead a holy life.

Listen to the song of your heart,

make vows of eternal love,

whether faith or earthly love,

each vow a promise of loss, but also of gain…

(Live and endure)

Those fabulous verses come to my mind and stay, always make an echo anytime when I can be still, and let my soul sings with his verses. I am grateful to author Kang Byeong-Cheol for giving opportunity to read his poems, to enter the journey to the Land of Love and Light.

Kiều Bích Hậu, Vietnam

(Writer - Translator - Journalist)

사랑과 빛의 나라로의 여정

　제주도 시인 강병철 박사의 시집을 읽으며, 내 안으로 여행을 시작하는 것 같아요. 내 마음과 영혼의 빛을 찾아 발견하고, 그동안 본 적 없던 것을 찾으려고 해요. 각 구절마다 저를 감동시켜 주며, 우리는 서로 돌봐야 할 지구상의 사람들이라는 깊은 신념을 갖게 해 주는 거예요.

　강병철 작가의 시에서 발견할 수 있는 참된 기적입니다. 그의 모든 단어는 제가 더 큰 뛰어난 자아인 자신으로 돌아가고 싶은 이야기로 다가와요. 제가 생각하는 시 중에서 가장 위대한 시는 내 영혼, 진정한 나 자신으로 이끌어 줄 수 있는 시인 것 같아요. 우리는 서로 다른 나라에서 살고, 같은 언어를 사용하지 않아도 영혼이 함께하며 하나가 될 수 있다는 거죠.

　강병철 박사의 시는 모든 독자에게 친숙해요. 자연을 시의 소재로 사용할 수 있는 그의 능력 덕분이죠. 그의 영혼이 노래하면 모든 것이 아름다운 조화로 노래하게 됩니다. 바다, 해변, 나뭇잎, 꽃, 대나무 숲, 그리고 자연의 모든 것들이 그를 둘러싸고 행복을 선사해 주면서, 그가 써 내려가는 깊은 구절들을 통해 우리에게 전합니다.

　강병철 박사는 세계를 여행하며 많은 지혜를 얻었다는

것을 알 수 있어요. 그가 만나는 모든 사람들은 행복이나 상실의 아픔을 줄 수 있어요. 사랑이 달콤함을 뜻하지만, 때로는 아픔을 뜻하기도 합니다. 우리는 모두 그것을 이중성으로 받아들이거나 포기합니다. 그는 사람들을 만나면서 이별을 경험하고, 그로 인해 생긴 감정들이 시의 깊은 감정으로 전환되며 삶의 철학을 전합니다.

모든 살아있는 것은
고통을 견뎌야 한다
내가 너에게 주는 것도
네가 나에게 주는 것도
상실의 고통을 견뎌야 가능한 것이다

우리는 서로를 위하여
상실의 고통을 견뎌야만 한다
너를 위하여
나를 위하여
우리를 위하여
누군가를 위하여 희생하는 것
그것이 신성한 삶을 사는 것

마음의 노래를 들어라
영원한 사랑의 서약을 하는
신앙이든

세속적 사랑이든

모든 서약은 나를 내주는 상실의 약속이다

— 「살며 견디며」

그 환상적인 시구가 떠올라 머무르며, 가만히 있을 때마다 내 마음에 울려 퍼집니다. 저는 강병철 시인의 시를 읽게 해준 기회를 감사하게 생각하며, 사랑과 빛의 나라로 여행을 떠나게 해준 것에 대해 감사드립니다.

키이우 비크 하우

(베트남 작가)

키이우 비크 하우(KIEU BICH HAU) 작가는 베트남문인협회 회원(Member of Vietnam Writers' Association)이며 1972년생으로 베트남 흥옌 성(Hung Yen Province) 출신이다. 하노이 대학의 외국어(영어) 사범대학을 1993년 졸업하고 시, 소설, 편집자로 본격적인 작가로 활동하며 베트남문인협회 대외업무이사(2019년부터 현재까지)를 맡고 있다. 그녀는 1992년에 티엔퐁(Tien Phong) 신문사와 응우옌 두(Nguyen Du School) 학교가 공동주최한 문학상을 수상하였고 2007년에 문학신문이 주최한 문학상에서 2등을 수상했다. 2009년에 '무술과 문학 잡지(Military Arts & Literature Magazine)'가 주최한 문학상에서 우수단편소설상을 수상했다. 2015년에는 '해군사령부(Naval Command)'에서 주최한 문학상의 단편소설 부문 최우수상을 수상했다. 2022년에 베트남과 헝가리 문화와 문학 관계를 풍부하게 심화시킨 공적으로 다누비우스 예술상(The ART Danubius Prize)을 수상했다.

Poetry that resonates with people and realistic thinking

Magical life! For me, it is the guiding energy of people who have a heart, have vision, are responsible for life and have the same frequency to convey the beauty of traditional culture, nature, country and people through many forms of art. arts such as literature, poetry, painting, music, etc. And I see in you, a great poet with a simple and sincere perspective, understanding in the movement and transformation of all species with the good-natured gaze of a person who understands religion in life. which conveys in your poetry collection with simple, rustic, friendly, love-filled things, putting your heart in it and sending it to readers who love poetry. You and I are two people in two different worlds, far apart in terms of geography, region, and climate, but the law of attraction, through observation, poetry and painting, has a very subtle sympathy. I understand that the shared love is not far away, very close and very close to us, of the heart that transmits the heart to deeply understand the laws of motion of life in all space and time, but into simple works. give life. I have read your poetry book and it has given me a wide perspective not only in the most impermanent things. Wisdom opens, sees through life even to inanimate objects such as petrified stones, which also carry the soul, the movement of water, the change of sea and sky, the four seasons of nature, the survival of thousands of people. Animals and family love, the intimate connection are all within the closed circle of natural laws in this universe, etc. All living beings are very magical. Capturing that, you send life poems or reality, going into people's hearts. Self-inquiry! Why do we keep on learning far and wide, unrealistic things? We forget that, right next to us, there are a lot of pure, simple and heartbreaking things that many people don't realize. All things when they are predestined, have their own function, to reduce greed, hatred, and delusion of every human being and all species, will have a holy look with a warm heart. You understand that conveys very close, simple, clear, gentle, close and quiet poems of the surrounding things like close friends in life. You are passionate about your choice, a poetic art form with pure human values, you are like a pure, transparent lotus, sent into a wide love life, with your pen with the light of your heart. awakening wisdom. That virtue has given you: a poet with great wisdom, deeply understanding the origin of all things. I love you and am proud because I am the person you trust to entrust me with a book of poems to read. I am very touched and grateful to know that I am also an inspiration, a believer in a sincere and guided way of life, spreading the community a good, friendly life has created a special emotion that makes you send your heart to me. I am a painter doing community work and also love art and culture including poetry. I understand that the language conveys many difficulties to have the subtlety to reach people, not only the domestic people understand, but also international friends understand. You are passionate in every sentence and every word and have let me live in each of your poems, innocent and very natural.

The beautiful nature of the country and people blend into a soft blue silk strip, imbued with the traditional culture of the region. Homeland embraces in your heart. I cherish you and will always keep a beautiful image of you, a great poet of Korea, with a warm and friendly heart.

Thu Huyền, Vietnam (Artist)

사람들의 마음에 다가가는 시와 현실적인 생각

　인생의 색깔! 그것은 마음과 이상, 삶에 대한 책임감을 가진 사람들의 영감의 근원이며, 문학, 시, 그림, 음악 등 다양한 예술 형태를 통해 전통문화, 자연, 그리고 그 나라의 사람들의 아름다움을 전달합니다. 그리고 나는 당신을 보면 진실하고 단순한 시각을 가진 위대한 시인으로 보입니다. 삶을 이해하는 사람의 따뜻한 관점으로 모든 것의 움직임과 변화를 이해합니다. 당신의 시를 통해 간결하고 친근하며 사랑스러운 느낌을 전달하며, 마음을 담아 시를 사랑하는 독자들에게 전해 주고 있습니다.

　당신과 나는 지리적으로, 지역적으로, 기후적으로 멀리 떨어진 두 개의 땅에서 온 두 사람입니다. 그러나 우리는 관찰, 시, 그림에 대한 아주 섬세한 감성으로 서로를 끌어들이고 있습니다. 나는 사랑과 나눔이 멀리 떨어져 있지 않다는 것을 이해하며, 삶의 모든 공간과 시간에서 생명의 움직임을 깊이 이해합니다. 그리고 간단한 작품으로 변형하여 삶에 보내고 있습니다. 당신의 시는 가장 보통의 것들뿐만 아니라 삶을 보는 지혜의 뿌리를 열어 주었습니다.

돌 같은 생명 없는 것들도 영혼을 가지며, 물의 움직임, 바다와 하늘의 변화, 자연의 네 계절, 모든 것의 생존과 가족의 사랑 등 모든 것이 이 우주의 자연법칙의 닫힌 원 안에서 밀접하게 연결되어 있다는 것을 알아차렸습니다. 모든 생명체는 기적적입니다. 이를 이해하고, 당신은 사람들의 마음에 다가가는 시나 현실적인 생각을 전달하고 있습니다.

우리는 왜 멀리 떨어져 있거나 현실적이지 않은 것들에 집착하며 배우려고 하는지 자기 자신에게 물어봐야 합니다. 우리 옆에 순수하고 단순하며 마음 따뜻한 것들이 많지만, 우리는 그것들을 인식하는 사람이 드물다는 것을 잊어버립니다. 운명을 가진 모든 사물은 자신만의 독특한 기능을 가지며, 모든 인간과 살아 있는 것들의 욕심, 편견, 질투를 줄이는 데에 이바지합니다. 그것들은 따뜻한 마음으로 순수하고 고귀한 시각을 가질 것입니다.

당신은 이를 이해하고, 삶 속의 친밀한 친구처럼 가까운, 단순하고 순수하며 가벼우면서도 깊은 시를 전달합니다. 당신은 인간적이고 순수한 가치를 지닌 시를 선택하고 창작하는 데 열정적입니다. 당신은 밝은 정신의 펜으로 전 세계에 사랑을 전파하는 순수하고 투명한 언꽃 같습니다 당신의 도덕적인 성격은 모든 사물의 본질을 이해하도록 인식력을 부여했습니다. 당신이 시집을 읽어보도록 나를 신뢰해 준 것에 대해 감사하며, 당신이 나에게 영감을 주고 진실하게 살아가도록 인도하는 데에도 감사합니다.

저는 지역사회에서 활동하는 예술가이며, 시를 비롯한 문화와 예술 가치를 사랑합니다. 이해하기 어려운 많은 언어를 섬세하게 전달하여 사람들의 마음에 다가갈 수 있도록 노력합니다. 국내뿐 아니라 국제적인 친구들에게도 이해될 수 있는 언어를 구사합니다. 당신의 열정적인 글쓰기는 모든 단어와 문장에서 내 생활에 살아 숨을 쉬게 만들어 주었습니다. 당신의 시에는 자연스럽고 순수한 모습이 담겨 있습니다. 우리나라의 자연은 부드러운 녹색 비단색으로 어우러져 있으며 지역적인 전통문화 가치가 풍부합니다. 당신의 고향은 당신의 마음을 안아주고 있습니다. 따뜻하고 친근한 마음을 가진 한국의 위대한 시인의 아름다운 이미지를 항상 간직하겠습니다.

투 휴옌
(베트남 화가)

투 휴옌(Thu Huyền, 베트남 화가) 예술가는 골동품 수집가이자 예술 공간 설치 디자이너로 활동하고 있다. 그의 남편인 Hung Tran(필명)은 서예가, 옻칠 그림 제작자로 항상 그의 작품을 통해 국가의 전통적인 아름다움을 전달하고 보존하기 위해 노력하고 있다. 예술적 열정으로 Thu Huyen과 그녀의 남편은 국내외에 베트남 전통문화에 대해 더 많이 소개하고자 한다. 현재 Thu Huyen은 산림 보호와 환경 보호의 메시지를 전달하기 위해 자연을 주제로 한 일련의 옻칠 그림을 출시할 준비를 하고 있다.

Superb words of wisdom and artistry!

The words of Byeong Cheol Kang are a melody to the ears, and a perfect tone for those who are outside that world we called Imagery. His words resonate the strength of the mind of a sage and the weakness of every child. But beautiful in both, he is able to dissolve our sadness into a depth of love, and our happiness into overjoy. The words of Kang are a testimony to the beauty of the human soul, and the handsome colors of life. If one may ask what is the meaning of beauty, this is the perfect answer to him or her. If one asks what poetry may sound like, it is the bard from the peninsula that may give the hint. Superb words of wisdom and artistry!

Bro. Zaldy Carreon De Leon Jr., LPT, MDiv, PhD, DCL, DLitt

지혜와 예술의 최고봉

강병철의 시는 귀에 음악처럼 울려 퍼지며, 우리가 '상상력'이라고 부르는 그 세계 밖에서 완벽한 음조를 이룬다. 그의 말은 현명한 성인의 강한 정신력과 모든 어린이의 약점이 공존한다. 그러나 그 양쪽에서 아름다움을 발견할 수 있고, 그로 인해 우리의 슬픔이 사랑의 깊이로 승화되며, 행복이 큰 기쁨으로 승화된다. 강병철 시인의 시들은 인간의 영혼의 아름다움과 삶의 아름다운 색채에 대한 증언이다. 아름다운 사람의 의미가 무엇인지를 묻는다면, 이것이 그에게 완벽한 대답이다. 시가 어떻게 들릴 수 있는지를 묻는다면, 이 한반도에서 온 시인이 답을 줄 것이다. 지혜와 예술의 최고봉이다!

잘디 카레온 더 레온 주니어
(필리핀 시인)

잘디 카레온 더 레온 주니어(Zaldy Carreon De Leon Jr.) 시인은 필리핀에서 교사이자 시인으로 활동하고 있다. 필리핀 교육부의 공립학교 교사, 국립도서개발위원회의 등록 작가, 저자, 편집자 및 번역가, 그리고 동양진주목사단(Pearl of the Orient Chaplains)에서 목사로 활동하고 있는데, 신학과 교육에서 학사 학위를 받았으며 신학석사 및 기독교 교육 박사 학위도 취득했다.

Spiritual whispers

Recently, I have received a poetry collection written by Korean famous poet Prof. Kang, Byeong Cheol *Sounds of Bamboo Forest*. It is my great pleasure to knit my feelings in his poetry. I am thankful form the country of *Mt. Everest*, and *Lord Buddha*. Most of the Prof. Kang's poems are like the healing music of nature, his poetic oeuvre bundles humans' aesthetic and spiritual beauty and mysteriously manifolds us into the great magnitude of humanness. In fact, his tender and serene way of playing words is unimaginable.

From ancient times, before the languages were born, humans have been striving for better and beautiful world. I believe poetry travels simultaneously along with humans' civilizations; we are not the separated being but a simple member of this complex but beautiful creation. There must have been simple ways to express love and feelings before the languages were born and undoubtedly poetry also must have existed. Prof. Kang's poems, in the same way, navigate humanity to the very natural settings beyond all the humans' thresholds. In his pen, human's inner beauty hatches the spiritual wisdom; his poems instill the righteousness riding the mundane. In short, he transports deep humans' values in simple ways as *Buddha*. For example, he beautifully splashes the truth of life in his poem "The reason why eyes are only in the front":

Keep your eyes forward and walk
Walk, and keep on walking…
Those who are alive
Must move forward.

These lines marshal us towards the right destiny. He magically convinces the reasons why eyes are in front, going through his poems means liberating our ignorance. Consequently, his words thrash out the reality and directs readers to the natural path.

Today's world's cutting-edge science and technology is trapping humans' emotions and the environment and derailing us from the naturalness. Every evil and death reduces something in us, poetry keeps account of all and discovers the way out from this dungeon. Prof. Kang's poems flatten the ego of humans and call us amalgamation with impalpable ecstasy. His poems are rich and evocative; can heal the readers like deep meditation. As he depicts his wisdom in the poem "The journey of life":

For the river of life may be unpredictable,
But we can choose to make it incredible.

These simple yet powerful lines inspire us to make incredible from the unpredictable life. The crux of his poetry is to elevate our natural being within the being. His dictums of honesty and artistic word-play pairs off towards the journey of inner pinnacle beyond all prejudices.

In conclusion, his profoundness and universal themed poems are witty and sings the unsung melody of nature and whispers the sacredness. The aroma of his divinely written poems will resonate in human heart forever.

I wish my best for all his poetic endeavors. May he continuously reveal the secret of his personal wisdom for the peaceful and happy world.

Rupsingh Bhandari (Nepal)

영혼의 속삭임

최근에 한국의 유명 시인 강병철 교수님의 『대나무 숲의 소리』 시집을 받았습니다. 그의 시에 내 감정을 엮어 표현할 기회가 있는 것을 기쁘게 생각합니다. 에베레스트산과 부처님께 감사드립니다. 강 교수의 시는 대부분 자연의 치유 음악과 같으며, 그의 시적 작품은 인간의 심미적 아름다움과 정신적인 아름다움을 한데 묶어 우리를 인간다운 위대한 세계로 신비롭게 이끌고 있습니다. 실제로 그의 부드럽고 고요한 말투는 매력적입니다.

고대 시절, 언어가 탄생하기 전부터 인간은 더 나은 세상을 향해 노력해왔습니다. 나는 시가 인간의 문명과 함께 동시에 시작되었을 것이라고 믿습니다. 우리는 분리된 존재가 아니라 이 복잡하지만 아름다운 창조물의 단순한 구성원입니다. 언어가 탄생하기 전에도 사랑과 감정을 표현하기 위한 간단한 방법이 있었을 것이며, 의심할 바 없이 시도 함께 존재했을 것입니다. 마찬가지로 강병철 교수의 시들은 인간의 한계를 초월한 매우 자연스러운 공간으로 인류를 이끌어 줍니다. 그의 감성에서 인간 내면의 아름다움은 영적인 지혜를 낳으며, 그의 시는 세속에 도덕성을 심어 줍니다. 요컨대, 그는 부처님과 마찬가지로 깊은 인간의 가치를 간단한 방식으로 전달합니다. 예를 들면, 그의 시 「눈이 앞에만 있는 이유」에서 인생의 진실을 아름답게 표현합니다.

앞을 보며 걸어가라
걷고 또 걸어가라
살아 있는 것들은
앞으로 가야 하네

이 구절들은 우리를 올바른 운명으로 인도합니다. 그는 눈이 앞에 있는 이유를 마술처럼 납득시킵니다. 그의 시를 꿰뚫는다는 것은 우리의 무지를 해방시키는 것을 의미합니다. 결과적으로 그의 말은 현실을 부수고 독자를 자연의 길로 인도합니다.

오늘날의 첨단 과학기술은 인간의 감성과 환경을 가두어 자연스러움에서 탈선시키고 있습니다. 모든 악과 죽음은 우리 안에 있는 무언가를 감소시킵니다. 시는 모든 것을 설명하고 이 암굴에서 탈출구를 발견합니다. 강 교수의 시는 인간의 자아를 내려놓게 만들고 만실 수 없는 황홀경과의 융합을 부릅니다. 그의 시는 풍부하고 연상적입니다. 깊은 명상처럼 독자를 치유할 수 있습니다. 「인생의 여정」이라는 시에서 그의 지혜를 묘사하듯이

삶의 강은 예측 불허할지 모르지만,
우리는 놀라운 삶을 만들 수 있어

이 단순하면서도 강력한 구절들은 예측할 수 없는 삶에서 놀라운 것을 이루도록 우리에게 영감을 줍니다. 그의 시의 핵심은 존재 안에서 우리의 자연적 존재를 고양시키는 것입니다. 그의 정직함과 예술적인 언어유희는 모든 편견을 넘어 내면의 정점을 향한 여정을 향해 짝을 이룹니다.

결론적으로, 그의 심오하며 보편적인 주제의 시들은 재치 있고 자연의 숨은 선율을 노래하며 신성함을 속삭입니다. 그의 신성하게 쓴 시의 향기는 영원히 인간의 마음에 울려 퍼질 것입니다. 나는 그의 모든 시적 노력에 최선을 다하길 바랍니다. 그는 평화롭고 행복한 세계를 위한 그의 개인적인 지혜의 비밀을 계속해서 드러내기를 바랍니다.

럽싱 반다리
(네팔 시인)

럽싱 반다리(Rupsingh Bhandari) 시인은 네팔 카르날리주(Karnali Province) 출신의 시인, 단편 소설 작가, 사회 운동가, 비평가, 번역가이다. 그는 영어, 네팔어, 힌디어로 글을 쓰고 있으며 시, 단편소설, 기사, 번역작품들을 출판하였다. 그는 『양심의 양자(Conscience's Quantum)』 시집을 출간하였으며 '2020년 국제팬데믹시선집 (International Anthology of Pandemic Poetry 2020)'의 편집자였으며 'Words Highway International(문인협회)'의 설립자다.

차
례

차례

Sounds of Bamboo Forest

No matter how strong the wind blows,
the green forest never crumbles.
When the wind passes by,
the green forest stands tall and proud,
inspiring admiration.

The sounds of bamboo forest,
echo through the trees,
whispers of wisdom and peace,
carried on the gentle breeze.

A symphony of rustling leaves,
Soft words win hard hearts,
a melody of harmony,
ringing in the bamboo forest glen.

So let the forest speak to you,
let its wisdom guide your way,
listen to the sounds of bamboo,
and find peace in each passing day.

대나무 숲의 소리

아무리 강한 바람이 불어도
푸른 숲은 무너지지 않아
바람이 지나가면
푸른 숲은 높고 자랑스러운 모습으로 서 있어,
감탄할 만한 영감을 주지

대나무 숲의 소리,
나무들 사이에 울려 퍼지지,
지혜와 평화의 속삭임,
부드러운 바람에 실리지

속삭이는 잎들의 교향곡,
부드러움이 강한 것을 이겨,
대나무 숲의 계곡에서 울리는 화음

숲이 말하는 것을 듣고
지혜의 길로 이끌게 두라
대나무의 소리를 들으며,
하루하루 평화를 찾을 수 있으리니

The Sharp Rocks by the Seashore

Even the strong black rocks

can be shattered by the waves

the never-tiring power of the waves.

I used to be one of the sea's sharp rocks,

strong and sharp-edged,

fighting against the waves.

Now, I have crumbled into a round pebble,

having learned a lesson over time.

Softness can conquer strength,

and the pen is mightier than the sword.

The truth of the universe,

Sharp rocks turn into pebbles,

and sharp things change into round and soft things.

The pebbles playing with the waves on the shore,

no longer fight against the waves.

They live in harmony with the peaceful waves.

바닷가의 날카로운 바위

강한 검은 바위도
파도에 부서지지
지치지 않는 파도의 힘을 당할 수 없어

나는 바다의 검은 바위였어
강하고 날카로운 모서리로
파도와 싸웠지

이제, 나는 부서져 내리고 둥근 조약돌이 되었어
오랜 시간 배운 교훈이지

부드러운 것이
강한 것을 이겨
칼보다 펜이 더 강해

우주의 진리
날카로운 바위는
조약돌로 바뀌고
날카로운 것은

둥글고 부드러운 것으로 변해

해안에서 파도와 노는
조약돌은 이제
파도와 싸우지 않아
조화로운 파도와 조약돌의 평화

Endurance of the Shoebill

In the wetlands of Uganda, a bird stands tall,
unending tranquility, waiting for food
Its massive bill shaped like a shoe, ready to haul.
With patience and poise, it stands in the water,
Waiting for prey to come, it doesn't falter.

Its eyes are sharp, its focus intense,
The shoebill picks food with skill and sense.
With lightning speed, it strikes at its prey,
Its powerful beak leaving no delay.

Through thick and thin, the shoebill endures,
Through harsh climates, it steadfastly ensures,
Its survival and place in this world,
Its determination, never give up.

From dawn to dusk, it forages on,
Until the day is done and night has drawn.

The shoebill is a creature of strength and might,
A symbol of endurance, a wondrous sight.

슈빌의 인내와 끈기

우간다 늪지대, 그곳에 큰 새가 서 있네
신발 같은 큰 부리를 가진, 그 새가
차분하게 물속에서 기다리네
먹이를 기다리며,
끝이 보이지 않는 물 위에 선 고요

날카로운 눈, 집중하는 시선,
먹이를 고르는 그 새는 대단하지
빠르게 부리로 내리치며,
주저 없이 먹이를 잡는 강한 부리의 힘

변함없이 견뎌 내는 새
극한의 환경을 이겨 낸 새,
이 세상에서의 생존과 존재감,
절대 지지 않겠다는 그 각오

새벽부터 저녁까지 사냥하고,
낮이 가고 밤이 깊어질 때까지,
그 새는 끊임없이 먹잇감을 찾지

그 새는 인내와 끈기의 생명체,
환상적인 모습, 그대로 인내의 상징

Broken Dream of Dragon

On the Jeju coast where dreams melt away, stands the Yongduam.

The shape of the dragon, eroded by the waves, is filled with sorrow.

Though not grand, its appearance exudes pride,

a legendary rock that stands up to the sky.

According to the legend, the dragon was in search of jewel-like jades,

but was shot down by a divine arrow and plunged into the sea.

In an instant, its head froze while staring up at the sky,

a world of dreams filled with endless disappointment.

However, those who come to Yongduam encounter reality rather than dreams.

One can witness the hard work of the female divers in the sea

and enjoy the cafes, bars, and restaurants that fill the area.

Travelers who come to find Yongduam

can experience Jeju's history and scenery,

where legends and reality come together,

and depart with the dreams of the sad dragon in their

hearts.

부서진 용의 꿈

꿈이 녹아내린 제주 해안에 용두암이 있지
파도에 녹아든 용의 모습엔 슬픔이 가득하고
웅장하지는 않아도 그 모습은 자랑스러움을 드러내며
하늘을 향해 대적하는 전설의 용두암

전설에서, 보석 같은 비취를 노리던 용
산신의 화살에 맞아 바다로 추락했다지
그의 머리는 한순간 얼어붙어 하늘을 향해 쳐다보고
끝없는 실망으로 가득 찬 꿈의 세계

하지만, 용두암을 찾는 이들은 꿈보다 현실을 만난다
해녀들이 바다에서 수고하는 모습을 구경할 수 있으며
카페, 바, 식당도 가득한 이곳에서 즐길 수 있어

용두암을 찾는 여행객들은
전설과 현실이 어우러지는 이곳에서

제주의 역사와 풍경을 함께 느끼며

가슴속에 슬픈 용의 꿈을 담아 떠날 수 있지

Live and endure

All living things
must endure the pain,
what I give you,
what you give me,
it's possible to withstand the loss.

We are here for each other,
to bear the pain of loss,
for you, for me, for us,
to sacrifice is to lead a holy life.

Listen to the song of your heart,
make vows of eternal love,
whether faith or earthly love,
each vow a promise of loss, but also of gain.

Hold tight to what we cherish,
knowing that life is fleeting,
the mystery of love is this:

the greater the loss, the brighter it shines.

Two hearts surrender
to absolute love,
embracing tightly through the loss,
planting a garden that blooms with life.

Today, a seed is blown by the wind,
falling to the ground,
modest yellow flowers will bloom,
in someone's garden, to be found.

살며 견디며

모든 살아 있는 것은
고통을 견뎌야 한다
내가 너에게 주는 것도
네가 나에게 주는 것도
상실의 고통을 견뎌야 가능한 것이다

우리는 서로를 위하여
상실의 고통을 견뎌야만 한다
너를 위하여
나를 위하여
우리를 위하여
누군가를 위하여 희생하는 것
그것이 신성한 삶을 사는 것

마음의 노래를 들어라
영원한 사랑의 서약을 하는
신앙이든
세속적 사랑이든
모든 서약은 나를 내주는 상실의 약속이다

뭔가를 꽉 안고 있지만
사람이 산다는 것은
상실의 과정에 있는 것이다

사랑의 신비로움은
상실이 클수록
찬란히 빛난다는 것이다

두 개의 마음은
절대적인 사랑에 항복한다
단단한 포옹으로
상실 속에서
생명과 함께 수확할 꽃을 피울 정원을 가꾼다

오늘도 씨앗 한 알이 바람에 날려 땅에 떨어진다
누군가의 정원에서 노란 꽃이 소박하게 필 것이다

Shining star of Greece

What makes people happy is people

I met a person who had a good mind
She did not recognize how bright she shined

I said to her,
"Hey friend,
You're a shining jewel,
Sparkling diamond."

Even though your eyes see your own appearance,
I see your shining inside, so precious.

Even though the stars are far away,
They shine in my chest.
Even though you are far away,
You shine brightly right in my heart.

True friendship,

It's the most sublime love.

Once you said to me,

"Every love has different meanings."

My highest love is friendship,

Dear friend,

You are the most precious,

Shining diamond.

You make me happy,

You give me warmth.

그리스의 빛나는 별

사람을 행복하게 만드는 것은 사람이지

마음이 좋은 사람을 만났어
그녀는 자신이 얼마나 밝게 빛나는지 인식하지 못했어

나는 그녀에게 말했지
"야, 친구야!
너는 빛나는 보석이야,
반짝이는 다이아몬드."

네 눈에는 네 외면이 보여도
나는 너의 빛나는 내면을 봐, 너무나 소중한

별은 멀리 떨어져 있어도
그들은 내 가슴에서 빛나고,
너는 멀리 떨어져 있어도,
내 마음에서 밝게 빛나지

진정한 우정,

가장 숭고한 사랑이지
한번은 네가 나에게 말했어
"모든 사랑에는 각기 다른 의미가 있다"고
나의 최고의 사랑은 우정,
친구여!
너는 가장 소중한,
빛나는 다이아몬드

너는 나를 행복하게 해,
너는 나에게 따뜻함을 주지

Our ancestors sang songs

In times of sorrow, our ancestors sang with grace,
In green fields beyond the mountains tall,
Apricot blossoms bathed in sunshine; they'd recall.

Shouldering the plow, one by one they'd toil,
Working hard in the garden soil,
Their labor, though tough, brought them joy,
Producing crops, they felt employed.

The waves crash and rush over the sea,
As the sun sets, a touching scene to see,
We must remember, until tears fall,
Tomorrow brings a new day for us all.

Our traditional song, so beautiful and true,
Loved by all, in our hearts it grew,
May it forever live on and on,
Passed down to our descendants, like the dawn.

let's sing our ancestors song,

"Bum is coming down! a tiger is coming down!

A beast is coming down through the valleys in the vast forest"

선조들의 노래

슬픔 가득한 날에도 선조들은 우아하게 노래했지!
높은 산 너머 푸른 들에서,
살구꽃이 햇살에 물드는 모습을 떠올렸어

삽을 메고 일하던 그들은 한 사람씩 밭에 들어갔어
처음부터 끝까지 힘들지만,
작물을 수확하는 즐거움에 충만했었지

파도가 바다 위를 내달리면서,
일몰은 감동적인 장면을 선사하네
눈물이 떨어질 때 기억해야 할 것은,
내일은 우리 모두를 위한 새로운 하루가 온다는 것

우리의 전통 노래는 아름답고 진실하지
모두에게 사랑받고 우리 마음속에서 자라났어
영원히 이어지며,
새벽처럼 우리 후손들에게 전해져야 해

노래하자, 선조의 노래를,

"범 내려온다! 범이 내려온다! 장림 깊은 골로 대한 짐승
이 내려온다!"

A Drop That Will Change the Future

Long ago, at Vilnius University in Lithuania,
I read a phrase that struck a chord in my heart:
"One idea to change the future"

As I walked down the street,
Or sipped my coffee,
This phrase would come to mind,
Like a beautiful line from a poem.

A Turkish poet's one idea,
Of an Earth Civilization Initiative,
Believing that we can change the future.

For a true heart can move the world,
Just as dandelion seeds blown by the wind,
Can take root and spread across the globe

May the poet's idea
Spread far and wide across the world,

And through the collective efforts of many drops,

May they come together to form an ocean,

Changing the future as we know it.

미래를 바꿀 한 방울

오래전에, 리투아니아의 빌니우스 대학에서
나는 내 가슴에 박히는 한 구절을 읽었지
미래를 바꾸는 한 생각

거리를 걸을 때도
커피를 마실 때도
내 마음에서 그 구절이 떠올랐어
아름다운 시 구절처럼

터키 시인의 한 생각
지구문명구상
미래를 바꿀 수 있다고 믿어

진실한 마음은 세상을 움직이지
민들레 꽃씨가 바람에 날려
온 세상에 뿌리를 내리듯이

시인의 구상이
온 세상에 널리 퍼져서

미래를 바꾸게 되길
한 방울의 물이 모여서
바다가 되듯이
미래를 바꾸는 물방울들이 함께하길

The Reason why eyes are only in the front

Keep your eyes forward and walk

Walk, and keep on walking

Take a step or two back only when necessary

But everyone's destiny is to move forward

Those who are alive

Must move forward.

If you deeply love the past

And seek divine revelations from it

Then it's okay to stay there

But if not, then live in this dynamic moment.

The leaves of a silver fir tree, sparkling in the sunlight,

Won't show their backs unless there is no wind.

Unless it's absolutely necessary to look back,

Keep moving forward.

There may be times when you take a few steps back,

But even on a moonless night, you must move forward.

The silver fir tree looks even more beautiful when it shows its back,

But it won't reveal its bright silver color without the wind.

눈이 앞에만 있는 이유

앞을 보며 걸어가라
걷고 또 걸어가라
뒷걸음질은 어쩌다 한두 걸음,
앞으로 가라는 것은 모두의 숙명
살아 있는 것들은
앞으로 가야 하네

만일, 과거를 그렇게 깊이 사랑한다면
과거에서 신성한 계시를 찾는다면
그렇다면, 과거에 머물러도 좋다
그렇지 않다면 역동적인 이 순간에 살아라

햇볕에 반짝이는
은사시나무의 잎들도 바람이 없다면
등을 보이지 않는다

꼭 고개를 돌려 돌아볼 때가 아니면
앞으로 가라
한두 걸음 뒷걸음 할 때도 있겠지만

달이 없는 밤길에도 앞으로 가야 한다

은사시나무는 등을 보일 때

더 아름답지만

바람이 없다면

결코, 찬란한 은색을 보이지 않는다

At the Seaside of Aewel Handam

When you feel like living is too difficult,
Go to the seaside
There, with your head in the wind,
Look out at the sea
Along with twenty-eight palm trees.

Watch the red sun disappear beyond the endless
horizon
And look for the revelations of God's words.

Even on a cloudy day, the shimmer of light
Peeking through the grey clouds may help someone
Realize just how beautiful the world is.

When you feel like the world is dirty and cruel,
Go to the Aewel Handam beach.
Below the cliffs, with the vast ocean stretching out,
You may see the world as it was meant to be
When Buddha lifted his foot to reveal beautiful world.

80

애월 한담에서

사는 것이 어렵다는 생각이 들면
애월 바닷가로 가라
거기 바람에 머리를 내맡긴
스물여덟 그루의 종려나무와 함께
바다를 보라

한없이 넓은 바다 끝 수평선으로 가는
붉은 해를 보고 하느님의 계시를 찾아라

흐린 날 먹구름 사이로 비치는 서광
누군들 세상이 아름답다는 것을 깨닫지 않으랴

세상이 더럽다는 생각이 늘면
한담 해변으로 가라

절벽 아래 광활한 바다
부처가 발을 들어 세상을 가리킬 때를 기다리면
본래 세상이 청정하다는 것을 볼지도 모를 일이다

Forgotten things

"How did Earth's civilization begin?" a student asked
"While making a stone axe?"
"As he makes earthen vessels?"

Earth's civilization is the creation of humanity
It began with the care we give to each other

Animals do not create civilization
There are only predators and prey

We are forgetting
How civilizations were built
How to shape our future

Long ago, when civilizations were first born
Our ancestors knew that we had to care for each other.

잊어버린 것들

지구 문명은 어떻게 시작되었나?
한 대학생이 물었지
돌도끼를 만들면서?
흙으로 만든 그릇을 만들면서?

지구 문명은 인간이라는 종이
서로를 돌보면서 시작되었지

동물은 문명을 만들 수 없어
포식자와 약탈자가 있을 뿐이지

우리는 잊고 있지
문명이 어떻게 만들어졌는지
미래를 어떻게 만들어 가야 하는지

오래전에 문명이 시작될 때
우리 선조들은 서로를 돌봐야 한다는 것을 알았지

Why does it thunder

Winter is a season of rest.

When all things are at rest, who will awaken spring?

When the snow melts, it doesn't thunder.

Because thunder cannot awaken spring,

people set off fireworks.

When it thunders,

it awakens people's conscience.

Fireworks kindle love,

sparking passion.

People beat drums

to encourage action,

when the sky thunders

it awakens the conscience.

The sounds of

"Dung! Dung!"

"Boom, Boom!"

"Kwadadang,"

all sounds serve to awaken something.

천둥이 울리는 이유

겨울은 휴식의 계절이다
만물이 쉬고 있는데 누가 봄을 깨울 것인가?

눈이 녹을 때, 천둥이 치는 것은 아니다
천둥이 봄을 깨우지 못하므로
사람들이 불꽃놀이를 하는 것이다

천둥이 칠 때
사람들의 양심을 깨우는 것이다
불꽃놀이로 사랑을 깨우고
열정을 일으킨다

사람들이 북을 치는 것은
용기를 북돋는 것이고
하늘이 천둥을 치는 것은
양심을 깨우는 것이다

둥둥
펑펑

콰다당
모든 소리는
뭔가를 깨우는 것이다

What 'alone' means

To weaken people,
God divided man in half.
Being alone is weak.

To be alone is to lack the whole,
Just as the night longs for the day,
One misses out on the other.

Sunflowers are happy to have the sun,
The windmill is happy to have wind,
The bee is happy to have Wildflowers.

A person is happy with a companion,
A husband is happy to have his wife.

혼자라는 것

사람들을 약하게 하려고
신은 사람을 반으로 나누었다
혼자는 약하다

혼자라는 것은 나머지를 상실했다는 것이다
밤은 낮을 그리워하고
낮은 밤을 그리워한다

해바라기는 해가 있어서 행복하다
풍차는 바람이 있어서 행복하다
꿀벌은 들꽃이 있어서 행복하다

남자는 여자가 있어서 행복하고
남편은 아내가 있어서 행복하다

Snow falling white birch forest

Having flown around the world,
I am watching now, snow falling
on white birch forest in Poland

I am missing only sunshine of Jeju city
There is nothing more precious present than sunshine
Sunshine of autumn of Jeju city is gorgeous

You'll never know how much I love sunshine
Nothing can make me happy when skies are gray
I am longing for the sun while watching snow falling
on white birch forest in Poland
Snowflakes are falling steadily on snow-covered birch
trees.

눈 내리는 자작나무 숲

지구를 한참 날아와
지금 나는 폴란드에서
자작나무 숲에 내리는 눈을 보고 있다
단지 그리운 것은 제주의 햇살
햇빛보다 더 귀한 선물이 어디 있으랴
제주 가을 햇살은 정말 좋다

내가 햇빛을 얼마나 좋아하는지 그 누구도 모르리니
흐린 날 나를 행복하게 할 것은 없으니
폴란드 자작나무 숲에서
내리는 눈을 보며 나는 햇빛을 그리워하고
눈 덮인 자작나무에는 계속 눈이 날리고 있다

My friend, KIEU BICH HAU

Who are you?

I do care about you

I have been searching beautiful value in yourself

I feel intimacy, care you and share activity

My friend, KIEU BICH HAU

You reveal me to the world,

What is in my mind

What do I do

Through our friendship,

World understand me

A man is like an island,

Like our life to be that of an island

Trees and birds,

Friends of an island

A man without friends is a devastated Island

An island without spring water and trees

My dearest friend, KIEU BICH HAU
Make birds take a rest through your kindness
You are my trees and spring water

Through mutual caring, intimacy, shared activity
We became friends
My dearest friend, KIEU BICH HAU

나의 친구 키이우 비크 하우

당신은 누구인가요?
나는 당신을 아껴요
당신 자체에서 가치를 찾고 있어요
나는 당신을 아끼고 친근감을 느끼며 함께 활동합니다

나의 친구 키이우 비크 하우
당신은 나를 세상에 드러냅니다
내가 어떤 생각을 하고
어떤 활동을 하는지
우리의 우정을 통하여
세상은 나를 이해하게 되죠

사람은 섬과 같아요
우리의 삶도 섬과 같아요
나무와 새는 섬의 친구요

친구가 없는 사람은 황폐한 섬이죠
나무도 샘도 없는 섬
내 친구, 키이우 비크 하우

그대는 나의 나무이고 샘이죠
그대의 친절로 새들을 쉬게 해요

서로 염려하고, 친근하고, 같이 활동하는
우리는 친구
다정한 나의 친구 키이우 비크 하우

In Cluj-Napoca

Located in the northwestern region of Romania,
the immature Gypsy offers a white flower,
In Romania's second-largest city.

I do not know from which house wall it was torn,
But I held out an American bill,
And shook a flower in the air.

Living under the gallows, how did they end up here?
Their faces and skin color are like mine, but they cannot blend in with foreigners and communicate with their ancestors.

The descendant of a brave warrior, who may have been a fallen soldier of Genghis Khan, is offering a white flower.

클루지나포카에서

루마니아 서북부 클루지 주에 있는
루마니아 제2의 도시에서
어리숙한 집시가 흰 꽃을 내민다

어느 집 담벼락에서 뜯었는지 모르겠지만
나는 미국 지폐를 내밀고
한 송이 꽃을 들고 허공에 흔들었다

천대를 받으며 사는
저들은 어쩌다 여기로 왔을까

얼굴과 피부색은 나와 같은데
이방인들과 동화되지 못하고
조상들과 소통하고 있다

낙오된 칭기즈칸 병사가
조상이었을,
용맹한 전사의 후예가
한 송이 흰 꽃을 내밀고 있다

St. Joseph's Cathedral

In the southwest of Montreal,

rises up towards the sky,

As a symbol of Canada on top of a green tree.

The monk Andre,

who built the cathedral is said to have cured numerous

incurable patients, with his bare hands, as evidenced,

By the over 500 canes and crutches left behind in the

cathedral.

Struggling up 300 stairs,

while the sick with incurable diseases knelt and climbed

one step at a time in penitential prayer.

Looking at the miraculous canes and crutches left at

the end of the penitential stairs, I try to recall my own

moment of desperate prayer,

but my memory is dim.

성요셉성당

몬트리올 남서부에서
하늘 향해 고개를 드니
초록의 나무 위로 우뚝 솟은
캐나다의 상징인 성요셉성당

성당을 세운 안드레 수도사는
수많은 불치병 환자들을
맨손으로 낫게 했다고 하는데
성당에 남아 있는 오백 개 이상의
목발과 지팡이가 사실을 증언하고 있다

나는 겨우 삼백 개의 계단을
헐떡거리며 올랐는데
불치병 환자들은 무릎을 꿇고
한 칸씩 회개의 기도로 올랐다고 한다

절실한 회개의 계단 끝에 남겨진
기적의 목발과 지팡이들을 보다가
내 생의 절실한 순간은 언제였던가
까마득한 기억을 더듬는다

The boy and hourglass

In the desert stood a boy,
Filled with joy atop a sand hill.
He spun the wheel without a care,
Unaware of life's circular snare.
Lost in a mirage, he lost his sight,
Unaware of the wheel's true plight.

After thirty turns, he saw his own reflection,
And after eighty, the sand gave way to dissection.
The glimmering pieces in the sun, Mixed with sand, yet
still one.

In the desert stood a boy, Thirsty, scorched by the sun's
ploy.
Blinded by the mirage, he couldn't see,
The wheel's ceaseless, deceptive spree.

Time marches on, taking us along,
A new journey with each tick and gong.

소년과 모래시계

소년이 사막 모래 위에 서 있었지
모래 언덕에서 기쁨으로 가득 차 있었어
그는 아무 걱정 없이 바퀴를 돌렸지
인생의 순환의 함정을 모르고
신기루에 빠져 눈이 멀었지, 바퀴의 진정한 괴로움을 모
르고

바퀴가 30번 돌았을 때, 그는 자신과 같은 모습을 보았지
80번 회전 후, 모래는 부서져 버렸어
햇빛에 반짝이는 조각들은 모래와 섞이면서 다르지만 하
나가 되었지

사막에 소년이 있었어
갈증에 시달리며, 태양의 열기에 타들어 가며,
그는 신기루 속에서 바퀴의 그림자를 볼 수 없었지

시간은 우리를 이끌고 행진하지
똑딱거리며 새로운 여정으로 이끌지

In Fiji

If you want to know,
how people have grown, then, go to Fiji.

People who are used to not distinguishing,
between mine and yours
People who are live in Fiji, sharing the earth,
trees, forests, and wind.

Similarly, there was a time when
no one in the world had anything of their own.

Those who feel anxious without possessions
and those who are comfortable without them
breathe together in this world.

In Fiji, it is difficult to find people who worry,
while at Incheon Airport,
it is difficult to find people who are not worried.

Even now, in front of the US Embassy in Fiji,
there are probably unowned mangoes
dropping occasionally.

피지에서

사람들이 어떻게 성장했는지
알고 싶다면 피지로 가라

내 것과 네 것이
구분이 안 되는
우리의 것에 익숙한 이들
사람들은 대지를,
나무와 숲과 바람을
공유하며 살고 있다

이처럼, 한때는 세상 모든 사람이
내 것이 없었던 때가 있었다

내 것이 없으면 불안한 이들과,
내 것이 없어도 편안한 이들이
이 세상에서 함께 숨 쉬고 있다

피지에서는
걱정하는 사람을 찾기가 어렵더니

인천공항에서는
걱정이 없는 사람 찾기가 어렵다

지금도, 피지 미국대사관 앞에는
주인 없는 망고가
간간이 툭툭 떨어지고 있을 것이다

Passing On Life's Torch

Looking at dragon fossils,
One may ponder their fate,
Why did they meet their end,
And became part of history's slate?

Perhaps they lacked love,
Or didn't sacrifice enough,
And that's why they are now,
Frozen in time, so tough.

But Emperor Penguins show,
That love and sacrifice go hand in hand,
For the brave the cold and snow,
To ensure their offspring's stand.

From generation to generation,
They pass on life's torch,
With great love and dedication,
Without a single porch.

Circular things hold secrets,

Of life's spark,

And round spaces create,

A flame that lights up the dark.

Seeds sacrifice themselves,

To ignite the flames of life,

And all-round things give,

Generously, without any strife.

Behold the Emperor Penguin,

A symbol of love and sacrifice,

For without their loving care,

They too would have become fossils.

생명의 횃불을 세대에서 세대로 전한다는 것

공룡 화석을 바라보면,
그들의 운명을 생각해 볼 수 있겠지,
왜 그들이 종말을 맞이하고,
역사의 일부가 되었는지 의문이 들지

사랑이 부족했거나,
충분한 희생을 하지 않았기 때문이겠지,
그래서 그들은 이제 얼어붙어,
시간을 지배하고 있어

하지만 황제펭귄을 봐,
사랑과 희생이 함께 가는 것을,
추위와 눈밭을 뚫고 나아가며,
자식들의 생존을 보장하기 위해

세대마다,
인생의 횃불을 넘겨주며,
큰 사랑과 헌신으로,
아무런 조건 없이

원형의 것들은 비밀을 품고 있어,
생명의 불꽃을,
원형 공간은 창조한다,
어둠을 밝히는 불길을

씨앗은 희생하며,
생명의 불길을 불태우는데,
모든 원형의 것들은,
분쟁 없이 관대하게 주는 것이지

황제펭귄을 보라,
사랑과 희생의 상징이지,
그들의 사랑과 보살핌이 없었다면,
그들 또한 화석이 되었겠지

Letter to son

My dear son, today I write to you,
About a value that is tried and true.
Trust is the foundation of any bond,
Without it, relationships are just beyond.

There are those who pretend to be kind,
But their true intentions are hard to find.
And narcissists who use others for gain,
Their reputation eventually goes down the drain.

But those who keep trust and cooperation,
Will find people who reciprocate their dedication.
So don't forsake trust for short-term gain,
Nurture warm relationships and let them sustain.

If you were stranded on a deserted shore,
Remember not to cause hurt anymore.
We're all in this together, hand in hand,
So, repay the trust of those who understand.

May we all cherish the value of trust,

And live our lives with honesty and just.

I wish for your health and happiness,

My dear son, with all my tenderness.

아들에게 보내는 편지

사랑하는 아들아,

오늘은 진정한 가치에 대해 글을 쓴다
신뢰는 모든 인간관계의 기초이며,
그것이 없으면 관계는 사라진다

종종 다정한 척을 하지만,
진정한 의도를 숨기는 사람들이 있지
그리고 자신의 이익을 위해
다른 사람을 이용하는 나르시시스트들도 있다
하지만 신뢰와 협력을 유지하는 사람들은
결국, 자신의 헌신에 응대하는 사람들을 만난다

짧은 이익을 위해 신뢰를 버리지 마라
따뜻한 인간관계를 잘 만드는 것이 중요하다
포기하지 않으면, 신뢰가 있는 행복한 삶을 살게 된다

만약 무인도에 갇혀 있다 해도,
남에게 상처를 주어서는 안 된다는 것을 명심해라

우리는 모두 함께 나아가며,
신뢰를 보답하는 인간관계를 유지해야 한다

신뢰를 소중히 여기며,
정직하고 공정한 삶을 살길 바란다
사랑하는 아들,
건강과 행복이 항상 함께하기를 바란다

Quiet Evening

The sun is setting

decorating the world with beautiful shades of red

but red is not just one color

the fading red of the setting sun is a majestic and

melancholic color

yet it is beautiful

The world is sometimes called the Saha world

a world where one must endure all kinds of suffering

but in fact, it is a beautiful world

As Sariputra said,

This world is the Saha world

Then, the Buddha lifted his foot and pointed to the

world,

so, the world shone brilliantly

there was nothing that was not beautiful

In this quiet evening,

I do see the Buddha lifting his foot,

this peaceful time with remaining light

is the time when the true nature of the world is

revealed,

the time when the Buddha lifts his foot.

Remember the brilliant world,

before entering the darkness,

before starting a new day,

during the time when the Buddha lifts his foot,

this "quiet and serene" time.

고요한 저녁

해가 지고 있어
아름다운 붉은색으로 세상을 장식하며
붉은색도 한가지가 아니야
저물어 가는 해의 붉은색은 장엄하고 슬픈 색이지
그러나 아름다워

세상은 사바(娑婆)세계라고 하기도 하지
온갖 고통을 참아야 하는 세계
그러나 실은 아름다운 세상이야

사리불이 말했어
이 세상은 사바세계
그러자 부처가 발을 들어 세상을 가리켰지
그때, 세상이 찬란하게 빛났지
아름답지 않은 것은 없었어

나는 고요한 저녁에
부처가 발을 드는 것을 보지
아직 빛이 남아 있는 이 시간의 고요한 저녁은

세상의 본 모습이 나타나는
부처가 발을 드는 시간이야

어둠으로 가기 전에
새날을 시작하기 전에
찬란한 세상을 잊지 말라고
부처가 발을 드는 시간
"적막하고 고요한" 시간 고요한 저녁

If the ocean were calm

It would be nice if the ocean were calm,

but if it is still for too long, it may kill sea creatures.

Even if waves are paradoxical, life is full of paradoxes too.

If everything goes easy, we won't have anything to learn.

As we age, our classmates drifted away,

and I feel like I'm just coasting through life.

We want to share the good times,

but avoid the tough ones.

Yet, life is always a process of learning.

Avoiding pain doesn't teach us anything,

but overcoming it does make us realize something.

Diamonds are made under pressure.

The greatest glory comes from pain.

Listen to the lessons of those wise people who have gone before us, and ask yourself in a whisper,

Are you a meek creature who succumbs to pain,

Or a victorious human who overcomes it?

Just as stars cannot shine without darkness,

Brilliant black pearls always overcome pain.

바다가 잔잔하면

바다가 잔잔하면 좋겠지만,
너무 오래 잔잔하다면 좋지 않을 수도 있지
파도가 역설적일지 몰라도 인생도 역설적이지
모든 일이 순조롭다면 우리는 배울 게 없어

나이가 들면서 우리의 동창들은 멀어져 가고,
나는 그저 삶을 허투루 살고 있다는 느낌이 들어
좋은 시간은 함께 나누고, 어려움을 피하려 하지만,
인생은 항상 배우는 과정이지

고통을 회피하면 아무것도 배우지 못하지만,
이겨 내면서 우리는 깨닫게 되지
다이아몬드는 압력 속에서 만들어지듯이,
가장 위대한 영광은 고통에서 나온다고 하지

지나간 현인들의 가르침을 들어보고,
나 자신에게 속삭이며 질문하지
고통에 져서 울부짖는 순한 짐승인가?
그것을 이겨 내 승리하는 인간이냐?

어둠 없이 별은 빛날 수 없듯이,

찬란한 흑진주는 항상 고통을 이겨 내지

Journey of life

And as we navigate the twists and turns,
And the river of life continues to churn,
We hold on to hope and determination,
To reach our dreams and our aspirations.

For the river of life may be unpredictable,
But we can choose to make it incredible,
By living with purpose and intention,
And embracing each moment with full attention.

So let us flow with the river of life,
And make the most of every moment and strife,
For in the end, it's not about what we gain,
But the memories and love that forever remain.

Life is like a river flowing towards the sea,
A journey that's unique for you and me,
But with resilience and courage, we'll make it through,
And discover the beauty that life has in store anew.

Life is like a canvas with many colors to paint,
It all depends on luck, good or bad, we're pinned,
But if we work hard, success can be gained,
Through every experience, growth is obtained.

Complaining won't get us anywhere,
We must learn to be grateful and aware,
Of the support that we receive,
From others who help us to achieve.

Crossing the bridge, we journey together,
Helping each other through stormy weather,
We lighten the burden and guide the way,
Transforming challenges into opportunities.

인생의 여정

인생의 우여곡절을 겪으며,
삶의 강은 여전히 흐르고 있지만,
희망과 결심을 두고
우리의 꿈과 염원을 이루려 노력하지!

삶의 강은 예측 불허할지 모르지만,
우리는 놀라운 삶을 만들 수 있어
의도와 목적을 가지고 살며,
각 순간을 주의 깊게 받아들여

그러니 함께 삶의 강을 흘러가며,
모든 순간과 어려움을 최대한 살려 내면
결국, 우리가 얻은 것이 무엇인지가 중요한 것이 아니라,
영원히 남게 되는 것은 추억과 사랑이지

인생은 바다를 향해 흐르는 강과 같아
각자의 독특한 여정을 가지지만,
우리는 탄력과 용기를 가지고 극복해 내며,
인생이 가진 아름다움을 발견할 거야

인생은 많은 색으로 그려지는 캔버스와 같지
모든 것이 운에 달려 있지만,
열심히 노력하면 성공할 수 있어
모든 경험을 통해 성장할 수 있지

불평은 도움이 안 되지
우리는 감사하고 알아차리는 것을 배워야 해
우리가 받는 지원을,
우리를 도와 성공하게 하는 다른 사람들의 공로를 깨달
아야 해

함께 다리를 건너며, 우리는 함께 여정을 떠나고,
서로의 어려움을 돕고,
도전을 기회로 바꾸지

Two Sky Gates

The Sky Gate of Changgaegye in China's Tianmu Mountain,

A door facing the sky is open on the top of a high mountain.

Sometimes illuminated by the sunset and sometimes with clouds passing by,

It is majestic and beautiful.

The Sky Gate of Halong Bay created by a descending dragon,

A sky gate seen from the sea.

People search for the gate,

Though many invisible walls and boundaries exist,

People believe they can open the gate.

We must open the gate,

As those who consider themselves superior have walls in their hearts,

And those who disdain others must open the gate.

Chinese people and Vietnamese people also have their sky gates,

As many people have the ability to empathize,

Using that ability to open the sky gate,

Without emotional and intuitive intelligence, one's existence is limited.

When all people break free from physical and mental barriers,

They realize that love has no barriers, and the sun shines equally.

Together, we smell the fragrance of spring flowers,
And dance to beautiful music!
Celebrating the opening of the sky gate,
We dance!

두 개의 하늘문

중국 장가계 천문산의 하늘문
높은 산 정상에 하늘을 향한 문이 열려 있네
노을이 비치기도 하고 구름이 흘러가기도 하지
장엄하고 아름다워

용이 내려와서 만든 할롱만의 하늘문
바다 위에서 바라보는 하늘문

사람들은 문을 찾지
많은 보이지 않는 벽과 경계가 존재하지만,
사람들은 문을 열 수 있다고 믿지
문을 열어야 해,
다른 사람보다 우월하다고 생각하는 사람들은 마음의 벽
이 있어
다른 사람을 경멸하는 사람들은 문을 열어야지

중국인도 베트남인도 하늘의 문을 갖고 있지
그렇듯이 많은 사람이 공감 능력을 갖고 있어
그 능력으로 하늘의 문을 여는 거야

지성과 감성이 없으면 제한적인 존재가 되지
모든 사람들이 물리적 · 정신적 장벽에서 벗어나면
사랑에 장벽이 없으며 햇빛이 차별 없이 비친다는 것을
깨닫지

봄날의 꽃향기를
함께 맡으며 아름다운 음악에 함께 춤을 추지!
하늘문이 열린 것을 축하하며
춤을 추지!

Blooming Lotus Flower

Once upon a time, a wise man said
Be happy,
Feel comfortable,
Learn how to calm yourself down
Keep the peace of mind

Fame and medals mean nothing,
Everything disappears as dust in the wind
When the humanity in you is gone,
You will lose a precious jewel

As a youngster you have no respect for the laws of
nature
Everything is in a state of flux
Everything is getting old
You don't listen to wise man

When you're engaging in meaningless conversation,
When you engage in argument,

realize that you are disputing over something
impermanent.

You can make right the wrong
Follow the written and unwritten rules…
Breathing deeply and slowly

Be happy
Be comfortable
Keep the peace
There is greatness there,
Enjoy the joy of life with wisdom

Jewel in the lotus flower,
Shine brightly from you, me and us
Life goes on, and the power of mercy is mighty…
May people be welcomed by people

Lotus Flower hopes to ripe fruits,
for Peace in Human mind.

피어나는 연꽃

한 옛날에, 현인이 말하였네
행복해라
편안해라
자신을 진정시키는 법을 배우고,
마음의 평화를 유지하라

명성과 훈장은 아무 의미가 없다
모든 것은 바람에 사라져 버린다
당신의 인간성이 사라지면,
당신은 귀중한 보석을 잃게 된다

젊은 시절에는 자연법칙을 존중하지 않는다
모든 것이 변화하고 있다
모든 것이 늙어가고 있다
현명한 사람의 말을 듣지 않는다

의미 없는 대화를 할 때,
논쟁을 벌일 때,
당신이 무상한 것에 대해 논쟁하고 있음을 깨달으라

잘못을 바로잡을 수 있으니
성문화된 규칙과 불문율을 따르라
호흡을 깊고 천천히 하라

행복해라
편안해라
평화를 유지하라
거기에 위대함이 있다
현명함으로 삶의 기쁨을 즐겨라

연꽃 속의 보석은
너, 나, 우리 모두에서 밝게 빛난다
삶은 계속되며, 자비의 힘은 강하다
사람들이 사람들을 환영하기를

연꽃이 열매를 맺기를,
인간 마음의 평화를 위하여

Drinking Lavender Tea

The human soul, amidst the plants,
seeks the precious goal of happiness,
finding perfect silence and peace
as every other noise does cease.

As the veil is lifted, secrets revealed,
yet why does solitude within us remain?
In a world where reality is stern,
do we yield, compromise, or learn?

Lavender in purple, a divine gift,
gives strength to overcome the blues of the mind.
Think about it,
water flows to lower grounds,
eventually rising to the top as vapors,
but returning as rain, a fate we know.

If we ponder destiny's rain,
even the humblest can attain

nobility beyond their lot.

As we observe the transformation of water,

watching the changes of the universe unfold,

drinking lavender tea, think about these phenomena.

라벤더 차 마시기

식물들 사이에 있는 인간의 영혼,
행복이라는 소중한 목표를 추구하네
완벽한 침묵 속에서 평화를 찾지
다른 모든 소음이 멈추면서

베일이 벗겨지면 비밀이 드러나는데
그런데 왜 우리 안에 고독이 남아 있는 걸까?
냉혹한 현실 세상에서
양보할 것인가, 타협할 것인가, 배울 것인가?

보라색 라벤더, 신성한 선물이지
우울한 마음을 극복할 힘을 줘
생각해, 생각을 해 봐
물은 낮은 곳으로 흐르고,
결국, 수증기로 위로 올라가지
하지만 결국 비로 돌아와, 우리가 아는 운명이지

운명의 비를 생각한다면
가장 미천한 자도 얻을 수 있지

그들의 운명을 넘어선 귀족의 지위를

물의 변화에 대해 생각하면서

우주의 변화가 펼쳐지는 것을 지켜보며

라벤더 차를 마시면서 이런 현상을 생각해 봐

The black cat with yellow eyes

On a warm and bright spring day,
A little stray cat came my way,
Limping and meowing in fear,
Wondering safe of not, if I'd come closer.

Though it was scared, I offered some food,
On a food plate, it looked confused,
It ran away in surprise,
But later came back with curiosity eyes.

Under the Juniper tree, it ate,
Slowly, it began to abate,
No longer limping, it regained its life,
It climbed up five stairs and came close to me.

But still, the cat was afraid,
I wondered how long it would take,
To gain its trust, to come closer,
To see me as more friendly.

On a warm spring day, we gazed,

Into each other's eyes, amazed.

I wondered what the cat was thinking,

Perhaps the cat was also wondering what I was thinking.

The truth is unknown, but still,

We shared a moment, a thrill,

Of peace, on that spring day,

The cat and I, lost in deep thoughts.

노란 눈의 검은 고양이

따뜻하고 밝은 봄날에,
작은 들고양이가 내게 다가왔지,
두려움에 절뚝거리며 야옹거리고,
내가 더 다가가도 괜찮은지 두려운 듯이

그러나 고양이가 두려워하는 것을 알면서도,
음식을 내어 주었지,
먹이 접시 앞에서 고양이는 혼란스러운 것 같았지만,
놀란 듯 도망갔다가 큰 눈으로 다시 돌아왔어

향나무 그늘에서 고양이는 먹이를 먹으며,
서서히 안정을 되찾았지,
절뚝거리지도 않고, 생명력도 찾았어,
다섯 계단을 올라와 내게 가까이 다가왔어

하지만 고양이는 여전히 두려움을 느끼고 있었지,
고양이의 신뢰를 얻기 위해서는 얼마나 걸릴까?
고양이가 나를 친근하게 생각하며,
가까워질 수 있게 되는 날을 기대해 보았지

따뜻한 봄날, 우리는 서로 눈을 마주쳤어
고양이가 무엇을 생각하고 있는지 궁금해했고,
아마 고양이도 내 생각이 궁금한 것 같았지

진실을 알 수는 없었지만
우리는 그 봄날에,
평온함의 순간을 함께했어
고양이와 난, 깊은 생각에 잠겨 있었어

Symbol of discarded things

The yellow peel and sweet flesh of a banana
reveal the fate of being discarded.
This is similar to a part of our lives
where everything we have will eventually be discarded
when it serves its purpose.
Still, we cherish those things.

The pitiful sight of things that have served their
purpose
teaches us a lesson that we cannot avoid.

No matter how beautifully wrapped a gift is,
the wrapping is torn and discarded
when the gift is unwrapped.
Everything we have
will eventually become unnecessary and be thrown
away.

The tree that no longer bears leaves,

the elongating shadow of the setting sun,
the elderly man leaning on his cane,
the falling petals of a flower,
and the dry autumn leaves rolling on the street
are symbols that, memories and experiences in our lives,
will eventually become unnecessary and be discarded.

Our lives are a pile of discarded leaves
that make way for richer sprouts.
All discarded things
are meaningful symbols of life.

버려지는 것의 상징

바나나의 노란 껍질과 하얀 속살,
달콤한 맛과 결국 버려지는 노란 껍질
이것은 우리 삶의 일면과도 닮았지
우리가 가지고 있는 모든 것들은
언젠가는 역할이 끝나고 버려질 운명이지만,
그래도 우리는 그것들을 소중히 여기고 있지

역할이 끝난 것들의 불쌍한 모습은
피할 수 없는 막다른 골목의 그림자
우리에게 무엇을 가르쳐 줄까?

아무리 화려한 포장지도
선물을 뜯는 순간 찢겨서 버려진다
우리가 가지고 있는 모든 물건은
언젠가는 더는 필요하지 않게 되고 버려진다

새싹이 나오지 않는 고목
길어지는 석양의 그림자
지팡이를 짚은 노인

거리에 굴러가는 가을 낙엽

이러한 상징들은

마지막까지 우리 삶에 남은 추억과 경험들도

언젠가는 버려진다는 걸 보여 주지

우리 삶은 버려진 낙엽이 쌓여

새싹을 더욱 풍요롭게 하지

모든 버려지는 것들은

더욱 의미 있는 삶의 상징

Savior of melancholia and loneliness

What is it to live?
Walking, standing, sitting, lying down,
all the movements of daily life.

But within life, there are emotions.
Where do these emotions come from?
Echoing deep within the soul,
sadness, loneliness, joy, excitement,
these are the seeds of culture.

Through music, dance, poetry,
we express our emotions and free our souls.
These seeds of culture grow even more
through music, dance, and poetry recitals,
and have shone light on human civilization!

The mother of civilization is culture,
and the seeds of culture may have been boredom.
Long ago, people began to imagine and recite poetry

to overcome boredom.

Even now, we must recite poetry,

for it is the savior of sadness and loneliness.

우울함과 고독의 구원자

살아간다는 것은 무엇일까?
걷기, 서기, 앉기, 눕기
일상의 모든 움직임

하지만 생활 속에는 감정이 있지
이러한 감정들은 어디서 나오는 걸까?
영혼 깊은 곳에서 메아리치는
슬픔, 외로움, 기쁨, 흥분
이들은 문화의 씨앗이지

음악, 춤, 시를 통해
감정을 표현하고 영혼을 자유롭게 하지
이러한 문화의 씨앗들은
음악과 춤, 시 낭송으로 더 자라고
인류의 문명을 빛나게 했지!

문명의 어머니는 문화
문화의 씨앗은 아마도 지루함이겠지
먼 옛날의 사람들은

지루함을 이기기 위해
상상하고 시를 낭송하기 시작했을 거야
지금도 우리는 시를 낭송하지
시야말로 우울함과 고독의 구원자이니까

Interconnectedness of all things

For a single rose to bloom,
It needs more than just a space,
Sunlight, water, minerals too,
All combined, it starts to brew.

With water vapor in the air,
It rains, the plant starts to care,
It grows and grows, day by day,
In its own interconnected way.

Existence is all intertwined,
Everything affected and amalgamated,
Bound to change in some regard,
And grow like a plant, tall and hard.

In the one, we find the whole,
And in the whole, we find the one,
All things connected, far and near,
Interwoven throughout eternity

Transcend the oppositions we must,

And strive for harmony and trust,

For humanity's peaceful future to be,

One of unity and prosperity.

만물의 얽힘

한 송이 장미가 피기 위해선
그냥 공간만으로는 부족해
태양 빛, 물, 광물질까지
필요해 다 합쳐져야지

공기 중에 수증기가 있어야
비 내리면 꽃은 자라며
하루하루 성장해 가고
상호 연결돼서 자라나지

모든 것이 서로 얽혀 있어서
서로 영향도 받고 융합되지
어떤 면에서든 변화를 맞이하며
꽃처럼 자라며 우뚝 서지

하나 안에 전체가 있고
전체 안에 하나가 있어
모든 것이 서로 연결돼
영원히 함께한다는 걸

우리는 대립을 초월하고
조화와 믿음을 추구해야 해
인류의 평화로운 미래를 위해서는
하나가 되어 함께해야 해

The allure of a captivating soul

A voice that echoes across the ocean,
Bringing warmth and intimacy,
As a spring of harmony flows.

Through beautiful music we communicate,
Our veins pulsing with its rhythm,
Permeating our hearts and drawing pictures,
Understanding each other's emotions with passion.

Laughter, our powerful common language,
Relieves tension and brings us closer,
Smiles with the charm to attract souls,
Comforting us and giving us strength.

Remember the sound of human beings,
A harmonious soul with the law of attraction,
Living a life free from anger and strife,
With friends whose souls are captivating.

For with such friends, life becomes the happiest,

As we move with our hearts and draw pictures,

Permeated by the rhythm of music,

And the allure of a captivating soul.

매혹적인 영혼의 끌림

대양을 넘나드는 목소리가 울려 퍼져
따스함과 친밀감을 안겨 주며
화합의 샘물이 흘러나오는 것 같아

아름다운 음악을 통해 소통하며,
맥박과 함께 실린 운율이 우리를 울려
마음으로 스며들며 그림을 그리지
서로의 감정을 열정으로 이해하게 해

웃음, 우리의 강력한 공통어,
긴장을 풀어 주고 서로를 가까이 끌어
마음을 끌어당기는 미소가 있어
우리를 편안하게 하고 힘을 주지

인간의 목소리를 기억해
화합의 법칙을 따르는 조화로운 영혼,
분노와 갈등이 없는 삶을 살기 위해
매혹적인 영혼의 친구가 있어야 해

그런 친구가 있다면 삶은 더 행복해지겠지
마음으로 움직이며 그림을 그리며,
음악의 운율과 매혹적인 영혼에 휩싸이며,
우리는 더욱 행복해질 수 있을 거야

Roses Blooming on the Fence

Roses blooming on the fence,

With shine of pink and vibrant red,

Competing yet harmonious,

Humanity, a mysterious being, has forgotten the

wisdom of peace.

Oh! May's beautiful roses, how shall we

Recall the memory of peace and achieve harmony?

We must listen to each other's opinions,

Respect and understand one another,

Through dialogue and empathy,

We must pave the path to peace and harmony,

I don't want to hear about the war news anymore

By forgiveness and tolerance,

Resolving conflicts and embracing cooperation,

Let the rose vines find harmony,

Reminding us of the wisdom of peace.

Through education and awareness,

Planting seeds of peaceful values and actions,

Let us strive for peace,

Just as the roses bestow their beauty.

As diverse colors of roses unite,

Creating a greater beauty to behold,

Let us remember that harmony and peace

Are gifts that nature presents,

O May's roses blooming on the fence,

That is the harmonious gift of nature we embrace.

담장의 장미

울타리에 피어난 장미,
분홍빛과 강렬한 빨간빛을 뿜어내네
경쟁적이면서도 조화로운,
신비한 존재인 인류는 평화의 지혜를 잊었지

오! 5월의 아름다운 장미여, 우리는 어떻게
평화의 기억을 떠올리며 화합을 이룰까?
서로의 의견을 들어야 하고,
서로 존중하고 이해하며,
대화와 공감을 통해
우리는 평화와 화합의 길을 닦아야지
더는 전쟁의 소식을 듣고 싶지 않아

용서와 관용으로,
갈등을 해결하고 협력을 포용하며,
장미 덩굴이 조화를 찾게 하시고,
평화의 지혜를 일깨워 주네

교육과 인식을 통해,

평화로운 가치와 행동의 씨앗을 심고,
평화를 위해 힘쓰자,
장미가 아름다움을 선사하듯이

다양한 색의 장미가 어우러지면서
더 큰 아름다움을 창조하고,
그 조화와 평화를 기억하자
자연이 주는 선물,
울타리에 피어난 오월의 장미여,
그것이 우리가 품는 자연의 조화로운 선물이지

Perfect Moment

The flower petals, drenched in rain,
Frail yet beautiful they remain.

Once dazzling in the radiant light,
Now they fall in humble flight,
To yield the abundance of fruit,
In their humble form they take root.

Everything follows the laws of change,
Flowing without exception
Within the falling petals, one can see,
The seeds of fruit, destined to be.

A perfect moment passes with a tinge of sorrow,
While everything holds the beauty of tomorrow.
In the pursuit of bountiful life's embrace,
Flower petals willingly fall, leaving no trace.

완벽한 순간

비에 젖은 꽃잎은
연약하지만 아름답게 남아 있어

찬란한 빛에 눈부신 한때,
이제 그들은 소박하게 떨어지네
풍성한 열매를 맺으려고
초라하게 그들은 뿌리를 내리지

모든 것은 변화의 법칙을 따르지,
예외 없이
떨어지는 꽃잎 속에서 볼 수 있는,
열매에 씨앗이 맺힐 것이라는 걸
완벽한 순간은 슬픔의 색조로 지나가고,
모든 것이 내일의 아름다움을 품고 있지만
풍요로운 삶의 품을 추구하며
꽃잎은 자취를 남기지 않고 기꺼이 떨어지네

Driving through Mist in a Car

I encountered mist on the road halfway up Mt. Halla.
May brings unexpected mist.
In the mist, I see the mysteries of life.
We try to live while predicting the future,
like driving through mist in a car,
we encounter the fear of the unknown.

What brought the mist to me?

Spring flowers bloom in the misty rain,
fragments of memories driven by fog.
Yellow and purple petals fall one by one,
dancing on the roadside.
To escape the bonds of fate hidden in the mist,
I await the endless miracle of sunshine.

I can't see far, but the mist
searches for traces of lost time
and pulls us in.

Should we conform to the fog and be swept away?
Slowly driving on an unpredictable road,
I quietly contemplate.

In this moment, we are lost in the mist,
moving forward without finding focus.
Fragments of small memories come to mind,
lonely times and moments of joy intersect.

Mist won't tell the answer of life.
Mist conceals a beautiful secret.
In the face of unexpected fear,
we collect the pieces of life one by one.

I encountered mist on the road halfway up Mt. Halla.
Imagining the flower petals of May, I keep driving!

안개 속에서 운전하다

한라산 중턱 도로에서 안개를 만났다
오월에는 예상하지 못한 안개를 만나게 되지
안개 속에서 인생의 신비를 보네
우리는 앞을 예측하면서 살아가려 하지만
자동차로 안개 속을 달리는 것처럼
미지의 두려움을 만나게 되지

무엇이 안개를 내게 데려왔을까?

안개비 속에서 봄꽃은 피지만
안개가 몰고 오는 기억의 조각들
노란색과 보라색 작은 꽃잎들이
길가에 하나둘 떨어지며 춤추고 있네
안갯속에 감춰진 운명의 굴레를 벗어나도록
햇살의 끝없는 기적을 기다리네

먼 곳을 볼 수 없지만 안개는
사라져 버린 시간의 흔적을 찾아
우리를 끌어당기지

우리는 안개에 순응하여 휩쓸려 가야 할까?
예측할 수 없는 길 위에서 천천히 달리며
조용히 생각에 잠겨본다

지금 이 순간, 안갯속에서 헤매는 우리
초점을 찾지 못한 채 앞길을 헤쳐가지
작은 기억의 조각들이 떠올라
쓸쓸한 시간과 기쁨의 순간이 교차하네

안개는 답을 알려 주지 않을 것이다
안개는 아름다운 비밀을 감추고 있지
예상치 못한 두려움에 맞서 우리는
하나씩 삶의 조각들을 모아가리라

한라산 중턱 도로에서 안개를 만났지
오월의 꽃잎을 상상하며 달리지!

June

Spring has ended yesterday,
A new season has begun,
Somehow, a melancholy feeling lingers.

The waves flow towards the ocean,
All the waters gather to become a vast sea,
Within it, tears are likely to be mixed.

The world doesn't make the sea salty out of sadness,
But when we taste salt, we think of the sea,
And we must remember someone's tears.

Imagine if people didn't feel sadness,
If they didn't shed tears,
Someday even the saltiness of the ocean may fade away.

As a new season starts and rain falls,
The rain breathes life into the plants,
Making summer even more abundant.

And the remaining rain water, along with someone's tears,

Will journey towards the sea,

Joining the ocean together.

6월

봄이 어제로 끝났지
새로운 계절이 시작되어
어쩐지 쓸쓸한 기분이 들어

물결은 대양으로 향하며
모든 물이 모여 대양이 되어 가지만
그 속에는 많은 눈물이 섞여 있을 거야

세상이 슬퍼서 바다가 짠맛을 품는 건 아니지만
우리는 소금을 맛볼 때 바다를 떠올리고
누군가의 눈물을 기억해야 해

상상해 봐, 사람들이 슬퍼하지 않고
눈물을 흘리지 않는다면
언젠가는 바닷물도 짠맛을 잃어버릴지도 몰라

새로운 계절이 시작되고 비가 내리지만
이 비는 식물들에게 생기를 주어
여름을 더욱 풍성하게 만들 거야

그리고 남은 빗물은 누군가의 눈물과 함께
바다로 향하여 대양과 함께할 거야

Kang Byeong-Cheol is a Korean author, poet, translator, and holder of a Doctor of Philosophy in Political Science degree. He was born in Jeju City, South Korea in 1964, and began his writing career in 1993. His first short story, "Song of Shuba," was published when he was twenty-nine years old.

In 2005, Kang published a collection of short stories and has since won four literature awards, publishing over eight books in total. He was a member of The Writers in Prison Committee (WiPC) of PEN International from 2009 to 2014. From 2018 to 2022, he served as Secretary General of the Jeju Unification Education Center. Prior to that, he was a Specially Appointed Professor at Jeju International University from 2016 to 2018, a Research Professor at Chungnam National University National Defense Institute from 2013 to 2016, a Senior Researcher at the Society of Ieodo Research from 2010 to 2017, and CEO of Online News Media Jejuin News from 2010 to 2013.

Kang also worked as an editorial writer for NewJejuIlbo, a newspaper in Jeju City, Korea. Currently, he holds the position of Research Executive at The Korean Institute for Peace and Cooperation.

강병철 시인

- 제주문협 신인문학상(1993)
- 월간『시문학』詩 등단(2016)
- 제33, 34 국제펜한국본부 인권위원
- 정치학 박사(국제정치 전공)
- (사)이어도연구회 연구실장 및 연구이사 역임
- 충남대학교 국방연구소 연구교수 역임
- 제주 국제대학교 특임교수 역임
- 한국해양전략연구소 선임연구위원 및 객원연구위원 역임
- 한국평화협력연구원 연구이사
- 제 11회 문학세계문학상 대상(소설)
- 제 19회 푸른시학상(시) 수상
- 시집『폭포에서 베틀을 읽다』
- 수상록『사람은 무엇으로 사는가』
- 소설『푸른 소』,『지배자』외
- 번역『한중관계와 이어도』외 다수(영한번역)

- E-mail : qshuba@naver.com

글나무 시선 02

대나무 숲의 소리

저 자 | 강병철
발행자 | 오혜정
펴낸곳 | 글나무
주 소 | 서울시 은평구 진관2로 12, 912호(메이플카운티2차)
전 화 | 02)2272-6006
등 록 | 1988년 9월 9일(제301-1988-095)

2023년 7월 31일 초판 인쇄 · 발행

ISBN 979-11-87716-81-5 03810

값 12,000원